Lu's Loving time
戀愛生活

給支持我的讀者們：

堅持自己的夢想真的不是一件很容易的事情呢！但因為有大家的支持，我確定會繼續努力下去！

《Lu's 戀愛生活》與我第一本書《Lu's 放空生活》一樣，主題都是關於生活，不論是用「戀愛」還是用「放空」搭建起來的生活，都是舒服、甜蜜、辛辣或是偶爾大爆炸的～生活於其中的你，可以用不設限的方式來愛自己與愛別人。

就像當我聽到、看到、感受到支持的
聲浪時，那種感動與滿足感，就是我
在繪製《Lu's 戀愛生活》時的幸福與
成就。所以不管你還在放空沒有戀
人，或是戀愛進行式中，希望這本書
能夠陪伴你，為生活帶來純純的愛與
歡笑！

by Lu's

我們就快
畢業了。

對啊！

竟然是在
想這個！

之後就沒
辦法再看
到我的男
神了。

我倒比較
期待睡到
自然醒的
日子。

希望新生
活能夠告
別單身的
日子。

人物介紹

達達

豪豪

水妹

chapter 1.
愛情的小萌芽

自己眼中愛慕的對象

好帥唷～

換成朋友眼中時

到底帥在哪？

不管講了什麼都會覺得
他很可愛又好笑

有一個人叫小菜，
後來就被端走了。

哈 哈 哈
哈 哈 哈
哈 哈

但身旁的朋友絕對不會理解

不覺得很好笑
很北七欸！

以為自己可以隱瞞一切

但身旁朋友一眼就識破

妳是不是在偷偷談戀愛？

哪有啦！只是曖昧還沒確定啦！

對於自己喜歡的人
不管什麼味道都會覺得是香的

最喜歡聞他
運動完的味道。

但身為朋友
只會覺得妳很變態

光想到就噁心……

当看到自己喜欢的人
会觉得对方一定有跟自己对到眼

他刚刚看我欸！

可是我们在四楼
他在一楼欸小姐。

自己眼中心儀對象的距離

好帥喔～

實際的距離

到底在哪？

收到對方的關心
立馬覺得他對自己也有意思

他傳訊息說回家注意安全！

實際上……

欸？

他是傳群組啊！

狂噴香水
以為活在戀愛的氛圍中

我好香啊～

卻完全不知道
香水味已經濃到變毒氣

什麼味道啊？超臭的！

①每天打扮得漂漂亮亮

今天要穿什麼？
一定要讓他覺得找很美。

要穿公主風～

還是走氣質路線？

②一直關注對方的動態

蛤！

 豪豪
這種天氣竟然感冒了！

👍 25 讚・留言

達達
你很遜耶～～～！ 👍15

他生病感冒了……
不知道嚴不嚴重，
有沒有去看醫生？

③半夜偷做愛心卡片

④電話簿裡頭 以專屬的暱稱命名

要取什麼好呢？

臭豬豬♥

這是專屬於 我的暱稱。

①再怎麼激動都要裝鎮定

叮咚～

下一刻馬上裝鎮定的回應

②立馬詢問朋友該怎麼回

他回我了。

妳在幹嘛？

怎麼辦，
該回什麼？

別亂打喔～

我幫妳回。

天啊！
妳怎麼
打這個啦！

妳在幹嘛？

想你啊！

這樣才會
有進展啊！

怎麼辦啦！

雖然一直罵朋友亂回，
但心裡還是很期待對方回覆

（他會回什麼呢？）

收到喜歡對象所傳的訊息時

③貼給好姐妹看該怎麼回應

啊怎麼辦？
快貼給妃妃！

啊靠！死定了！

我怎麼會蠢到
貼錯地方了啦！

愛的化學反應之測試對方

無時無刻都想傳訊息給對方

吃飯時

跟妃妃去吃下午茶唷！

對啊！

妳說的對象就是他唷～

無聊時

好無聊喔～

不想動…

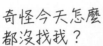

一整天都在等訊息

奇怪今天怎麼
都沒找我？

來了來了！

遊戲邀請

時時刻刻都在等訊息

都這麼晚了
竟然都沒找我……

有訊息！

再傳一次
小心我封鎖……

遊戲邀請

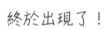

Lu's Loving time
戀愛生活

就算已經睡了

手機一響
還是會立馬彈起

終於出現了！

今天好忙，
終於忙完了！睡了嗎？

鬧彆扭時看到對方
只傳一封訊息、
一通電話都會很生氣

剛剛惹我生氣
竟然只來一通電話
跟一則訊息而已！？

不理你了！

但只要手機一響
還是會馬上拿起來看

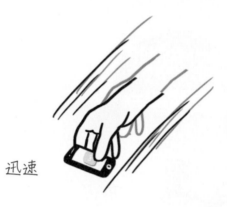

迅速

算你還有一點自知之明！

就算沒事也捨不得掛電話
只想多聽聽對方的聲音

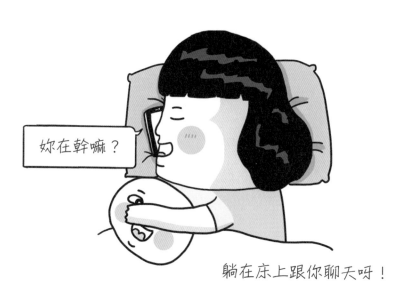

妳在幹嘛?

躺在床上跟你聊天呀!

明明很想睡了

還是硬要說不想睡
只因為捨不得掛掉

沒有啊！
還不想睡！

打哈欠齁！

想睡啦？

半夜講電話時

有看到我今天
拍的照片嗎？

有啊！很可愛～

邊講也會邊擺出
各種嬌羞的少女樣

哪有啦～

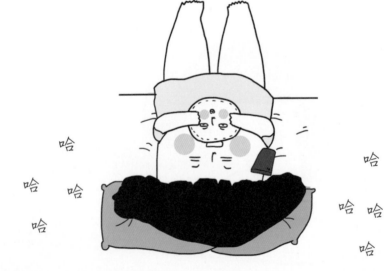

哈
哈 哈
哈

哈
哈 哈
哈

①故意說你是不是喜歡我
（希望對方說對啊！）

你喜歡我唷？

往往對方會故意反問

那妳喜歡我嗎？

開始有點曖昧時的小行為

②一起出去的時候

妳會餓嗎？

一點點耶。

記得這附近
有一家
還不錯的店。

（他是故意碰我的手嗎？）

故意做一些肢體接觸

我看一下！

③故意讓對方吃醋

我明天要跟
達達去吃飯。

是喔……

（吃醋）

你是不是吃醋了～

好啦～騙你的～

你有喜歡的人嗎？

兩個人互有好感時 當男生問妳這個問題

妳有喜歡
的人嗎？

有啊～

是唷……

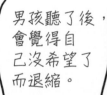

男孩聽了後，
會覺得自
己沒希望了
而退縮。

當女生問你時

那你有喜歡
的人嗎?

有啊!

女孩聽了後,
想要等男生
說出喜歡的人
就是妳!

都什麼時代了,喜歡就要大聲的說出!

我喜歡的是妳!

我其實喜歡你。

學生時期
喜歡趴在學校陽臺
看你認真打籃球的樣子

故意拉髮尾

扯～

抓我頭髮幹嘛！

我沒啊。

拿假蟲嚇

給妳看個東西～

是什麼？

啊！啊！啊！

哈哈哈！
那是假的好嗎？

偷掀裙子

你是變態嗎？

卻會在晚上時想起他

達達真得很討厭～

偷偷寫小紙條

快看到！

快看到！

裝沒事

這什麼啊？

高中、大學時期對喜歡的表現

高中時傳訊息傳到一半，

好無聊喔～

對啊我也是！

直接打給對方瞎聊

你在幹嘛啊～

到了大學會故意輕輕推對方
營造一些肢體觸碰

你很
白痴耶！

推

青少年時期總會有那麼一小段
似愛情又似友情的回憶

兩個人總是像好哥們一樣愛打鬧

哈
哈
哈
會癢啦！
哈

哈
哈

哈

要好的程度也讓旁人都以為你們在一起
但始終沒有在一起過

妳是不是跟達達
在一起啊？

沒啊，我們
就是好朋友啊！

chapter 2.
放閃生活

在一起就算沒事做

妳會不會覺得無聊啊？

只要膩在一起
就覺得很快樂了

才不會！
只要能夠在一起
就很開心了！

每一刻都不願分開

人家不想回家～

寶貝乖乖
我也好不想要妳回家～

一上車就馬上傳思念的簡訊

我上車了
想臭豬豬～

沒有對方無法睡著

我睡不著啦！

好想找臭豬豬～

講了無數次掰掰
還是捨不得掛電話

臭豬豬晚安！

晚安唭～

掰掰～

快睡睡！

晚安嚕～

真的
要來睡了啦！

晚～安～～

就算手機要沒電了還是要講

有看到我嗎～
（視訊中）

今天超累！

我躺在床上啊！

啊！

啊！

等我一下。

好了～
剛剛手機差點沒電。

不論再怎麼想睡都不願掛電話

（狂打哈欠）

沒啦，我沒打哈欠～

@ 嗯～
巴豆
% ＃
腰腰

是不是睡著
在說夢話啦？

沒啦！
還沒想睡……

（狂揉眼睛）

總是不害羞的講一堆甜蜜的肉麻話

我跟妃妃
在外面啦！

愛你老公
好想你～

真肉麻……

親一個——

我怎麼覺得有
點不蘇胡……

時不時看之前的對話記錄

呵呵！

嘻嘻！
哈哈！

邊看還會邊傻笑

在床上翻滾～

在對方面前永遠不敢放屁打嗝

突然想放屁……

慢慢放好了，
應該不會被發現。

咦？妳有聽到嗎？
什麼聲音啊？

這隻貓放屁竟然這
麼大聲！

喵

一直咳嗽，
妳是不是感冒啊？

咳咳

咳

有沒有看醫生啊？

不用啦～
小感冒而已。

生病變得很脆弱
就算只是小感冒
也要裝得很不舒服

咳

咳

老公～

咳

人家好像感冒
好不舒服，
想要你秀秀～

約會的事前流程

前一晚先敷個臉

再來除個毛

眼睛快變鬥雞眼了！

約會當天起床先洗澡洗頭

頭髮要吹得很有弧度

好熱！

好熱！

多洗幾次頭比較香。

開始化妝

最終大魔王選衣服。

該穿哪件好呢？

當然這些只在一開始交往時會做

熱戀期

熱戀期

不管是什麼話題都能夠用心傾聽

那天的棒球賽超級熱血的！
到最後一刻才……

最後一刻？那也太緊張。

熱戀期過後

沒興趣的話題都隨便敷衍帶過

天啊！逆轉勝啦！

是喔……

熱戀期

. . .

視線絕對離不開對方

寶貝好可愛～

熱戀期過後

. . . . .

不要再玩手機，
陪我陪我陪我！

好啦～

熱戀期

形象非常重要

你偷放屁齁！

屁啦！
我才不會亂放屁！

熱戀期過後

相處自在最重要

你是不是
偷放屁？

哈
哈
哈

熱戀期

時不時地稱讚對方

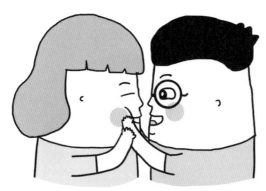

我的寶貝
是最可愛的～

熱戀期過後

雖然有時覺得很煩
但還是深愛著對方

雖然妳有時
很煩,但我
還是很愛妳～

這是讚美嗎?

熱戀期

送禮充滿驚喜
不管送什麼都喜歡

喜歡嗎？

超喜歡的！

熱戀期過後

送禮物實際最重要

這次生日禮物
有想要什麼嗎？

蛤～
很沒驚喜感耶！

熱戀期

不管吃什麼
都要互相分享一下

老公吃一口～

熱戀期過後

會因沒有先問就擅自吃完而生氣

那是我要留著
晚點再喝的耶！

喝一下會怎樣喔！

熱戀期

甜言蜜語誘惑對方

老公～

我可愛嗎？

熱戀期過後

漂亮嗎？

肚子是不是有點變胖？

過了熱戀期進入磨合期後
總是為了小事吵架

也太久！

路上超多車欸～

你一定又沒
提早出門
才這麼慢！

難道妳要
我騎很快？

藉口一堆。

一點也不懂事，
懶得跟妳說了！

換個角度
多多替對方設想

路上很多車嗎？

還滿多～

不要因為自己一時的任性
讓深愛的人陷入危險當中

要慢慢騎
不用怕我等～

好的老婆！

開始容易沒安全感，愛擔心

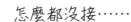
怎麼都沒接⋯⋯

訊息也沒讀⋯⋯

終於接了！到底在幹嘛？
是不是在陪別的女生。

無聊欸妳！

剛剛在洗澡啦！

你是不是已經膩了
不愛找？

開始懷疑適不適合在一起

我剛剛跟他吵架了⋯⋯

最近一直吵架
好令人失望⋯⋯

有時候真不知道
我跟他到底適不適合？

你們一起經歷這麼多，只要彼此還愛著對方，這些都不是問題。

進入磨合期後多少會有吵鬧

適當的退讓是彼此關係的潤滑

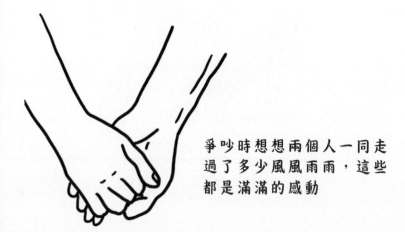

爭吵時想想兩個人一同走
過了多少風風雨雨，這些
都是滿滿的感動

不管要去吃什麼

我還沒吃晚餐，老公要不要去吃一家新開的餐廳？

一定都要兩個人一起去吃

好啊！

妳的第一次一定都要是跟我在一起。

電影一定要一起看

看電影時手一定要牽著

一定都要一起入睡

妳剛怎不先睡？

等你一起睡啊！

規定對方一定都要抱著自己

老公晚安～

快睡睡！

我要抱抱啦！

睡前都要嬉鬧一下

好了啦！
很癢啦！

哈
哈
哈

哈

看我的厲害！

好啦好啦
不玩了！

真正愛一個人
不是抱抱親親就是在一起

你在想什麼？

我在想……

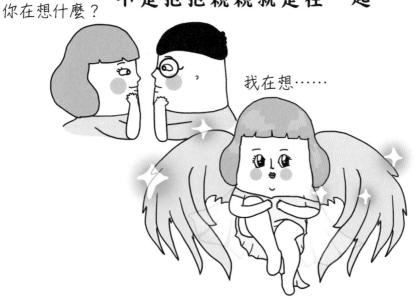

而是當對這個人有著無限的幻想時
愛情也就跟著來了

那妳在想什麼？

我在想……

幻想中的一起睡
幸福的一覺到天亮

老公晚安～

趕快睡！

現實中的一起睡
打呼聲、失眠，樣樣來

鼾
鼾
鼾

打呼聲比豬叫
還大聲……

幻想中的一起睡
會恩愛的抱在一起

實際中的一起睡
熟睡後都各睡各的

幻想中的一起吃飯

來我餵妳～

現實生活……
一直環繞著要吃什麼

要吃什麼
不知道……

你想吃什麼
都可以呀！

幻想同居在一起
甜蜜的分擔家務事

我來拖地～

我去摺衣服！

實際生活後……

是不會來幫忙嗎？

幻想可以拍出浪漫合照

實際的合照都是各種醜態

雙下巴

想說假日難得可以出門約會

我們明天早起去約會踏青好不好？

好啊都可以！

隔天一早完全爬不起來

好累……

還要去嗎？

心想男友會為了自己放棄打電動

但這是絕對不可能的事情

理想中的起床

老公起床床～

先親一個。

實際中的起床

老公起床床～

嗯～

（又繼續睡了）

理想中的出門

幫妳穿襪襪。

實際中的出門

好睏～

我都好了
你才剛起來。

理想中的刷牙洗臉

很癢啦！

實際中的刷牙洗臉

你很久欵好了沒！

兩個人在一起

吃吃看我剛學會的
義大利麵。

好吃嗎好吃嗎？

讚美要大於責怪

好像……
有一點鹹。

不過只要是老婆做的
都好吃！

男生的命就是當另一半吃不下時

吃不下的前奏，
筷子開始在
食物上游移。

這些吃的喝的
都會莫名的變到你手邊

又來！

我吃不下了⋯⋯

最後還會問你
怎麼現在變這麼胖

是不是胖了？

還不是妳害的。

睡前習慣要親一個

還沒親親欸！

就算沒有在對方身邊
還是要睡前親一個

老公親一個～

睡醒後總愛賴床

啊～
（伸懶腰）

還在睡唷？

用盡各種怪姿勢撒嬌
叫對方起床

老公起床！

嗯嗯……

互叫對方起床

要起床了嗎？

要了！

妳先去刷牙
洗臉吧。

你先啦！

往往結果就是繼續睡下去

雖然有時很幼稚
不過就是喜歡這種
自在的相處方式

鼻屎抹給妳！

很髒欸，
你死定了！

有男友的好處

逛街時東西都有人提

老公好重幫我提！

喔喔……

吵架時可以修煉情緒

妳是有病嗎？　　對怎樣？

吃不下都給對方吃

老公幫我吃！

免費的抱枕

我要抱抱！

貼心的司機先生

老公你等等可不可以來接我？

電器產品出問題都交給他

我看看喔～　　還有救嗎？

在一起做的幾件北七事情

打噴嚏在另一半臉上

你很髒耶！

男友洗臉時從後面整他

戳～

逼對方吃妳嘴裡的東西

很噁欸都被妳咬爛了。

給我吃！

先搔癢對方
最後自己也變成受害者

我投降！ 不玩不玩了！

挖一挖鼻孔抹給對方

幹嘛啦！

在家突然脫對方褲子

啊？ 耶嘿！

不要聊到任何關於前任的話題

你怎麼會
知道這家店？

之前跟朋友來過。

是跟之前
那個嗎⋯⋯

最好啦！
跟她根本
沒去過哪。

現在是在回想
跟她去過哪些
地方嗎？

是妳自己
提的耶。

就算是遙遠的偶像也是敵人

男神也太帥了！
真是受不了！

不要在另一半面前一直誇讚

晚安。

啊？

情侶的禁忌話題

千萬不要亂拿
朋友的另一半來做比較

妞妞男友對她真好，
還帶她出國玩！

就算只是無心講講
對方聽了還是會非常火大

好想出國唷！
我們也安排一下。

好不好！

那妳去
搶她男友啊！

人勒！？

無論妳用手機密他多久
他始終不回應也不讀

怎麼都沒回？

找現在要去找他！

試著先等待先不要激動
也許對方正在忙

搞不好他
正有事情啊！
先不要衝動啦。

不要攔找！

選擇相信、原諒
是愛情維持長久的基礎

雖然我單身

該去找愛人了～

好睏喔～

但我有一個總是不離不棄
還很黏我的愛人

床床老公你好溫暖唷！

Lu's Loving time
戀愛生活

無時無刻
都想與床纏綿的日子

我願意！

難以開口承認的愛

同志一直以來背負許多壓力
他願意向你吐露
代表他很看重你這位朋友

不知道這輩子
能不能找到一個
愛我的男人……

如果你身邊有一個同志朋友
那你更要保護他

就算沒有，你還有
我這位好姐妹陪你！

在感情上充滿了不安全感

小茵竟然
要結婚了！

蛤！

沒有辦法簡單的
與自己心愛的人結婚共組家庭

我也好想要有一場
浪漫的婚禮……

那你要穿
婚紗嗎？

我願意。

渴望能夠大辣辣的牽著喜歡人的手
自在的走在路上,而不用在乎其它人的目光

好好喔……
也好想能
跟他們一樣。

幹嘛啦!

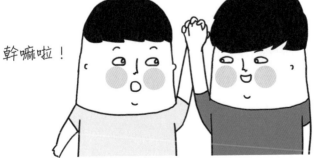

都什麼時代了,
我們也可以啊!

面對家人
總怕他們知道了會傷心難過

嗯？

媽～
如果多一個
女兒妳想要嗎？

我終於
要當阿嬤了！

不是這個……

哎唷！我都這把
年紀了，肚皮這
麼鬆了，跟你老
爸怎麼可能啦！

拍

算了，
當我沒問。

不管是男生愛男生
女生愛女生
這都是愛

我們的幸福，

我們自己掌握。

chapter 3.
愛情大冒險

失戀給自己一個難過週期

沒關係你們去吃就好！

難過結束後，就讓自己重新振作

不行！

不行再這樣了！

綁

我要過得更好！

重新振作！

失戀時聽到一些悲歌、一些句子
都會突然悲從中來

好姐妹就是在妳傷心難過時
會陪伴在妳身邊一同度過的人

爛男人滾開！

姐妹萬歲！

失戀的人會忍不住一直發哀傷文
但別一直自怨自哀

 亮亮
離開他的第一天，好想他……！

 亮亮
一個人的晚餐……

 亮亮
外套上還殘留著他的味道……

 亮亮
好無助想到他就好想哭……

亮亮剛失戀
她一定很難過。

對啊，
看她的動態
感覺很難過欸。

一開始朋友看了可憐，
但久了會覺得很煩

 亮亮
我好想你…好想你……

 亮亮
沒有你的日子兩個禮拜了……

 亮亮
聽到這首歌我又哭了……

有完沒完。

有一些人會在社群上互罵對方

妳看～艾莉在上面說她要跟史大分手。

他們真得很愛吵。

史大
怎麼會有這麼瘋的女人！

史大
這輩子最衰的時候。

史大
真是受夠了不要再自導自演了……

艾莉
真是一個爛男人！……

艾莉
打死我都不會跟他復合！

過了一陣子卻又看到他們復合的動態

妳看他們……

是在演哪齣？

與好姐妹喜歡上同一個人，
友情還是愛情重要？

我好像有點
喜歡上阿俊了～

爭到底？

可是我不想
失去一位好姐妹。

還是放手？

但我會不會
錯過一段幸福？

與好姐妹坦承
自己也愛上同一個男孩

我也喜歡阿俊。

早說啊，我上次
只是覺得他不錯。

只要願意說出口
姐妹之間一定能夠了解

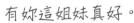

有妳這姐妹真好。

臭三八現在才說
我幫妳忙！

別讓自己變成
別人感情中的第三者，
這種愛情一點也不幸福

妳看煩不煩！

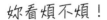

這時間一直傳訊息。

①照三餐瘋狂傳簡訊

噴！

又傳來了。

②一直問對方想不想在一起

妳想好了嗎？
要不要跟我
在一起。

想好了嗎？

怎麼會遇到這種人。

老娘寧願孤單一輩子

也不要跟
這種人在一起。

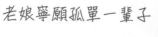

想好了嗎～

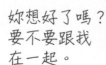

③一直拿前任來做比較

肚子會餓嗎？

滿餓的耶！

我們去
吃火鍋
要不要？

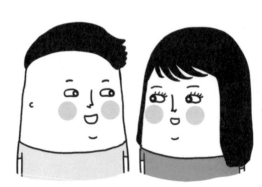

好啊！

比我前女友好
太多了，她每
次要吃什麼都
想很久。

干找屁事！

125

④說對方有點像自己前任

你看我的新唇色好看嗎？

跟我前女友用的好像。

喔……

謝謝再聯絡。

只想玩玩曖昧的男生

（他都搭我的肩
應該算在交往了吧……）

當妳想確認關係時只會用一堆鬼話帶過

我們算在一起了嗎……

再給我們一點時間！

可是已經很久了欸！

時機到我一定會跟妳說。

在曖昧時期脾氣就已經很差

說妳想我。

我們又還沒在一起
人家才不要說～

好啊那掰掰！
我不爽了！

你很幼稚耶！

嘟嘟嘟……

喂？

竟然掛電話？
怎麼會有這種
沒風度的人啊！

在曖昧時期
如果遇到了爛咖，
在還沒完全放感情前
就趁早放手離開

老娘才沒時間為了
這種人糟蹋我的幸福！

①想衝事業還有很多夢想

我覺得我們
還是先分開
吧……

為什麼？

妳很好只是……
現在的我想要
有更多的時間，

去完成現在要忙的事情。

也好！

老娘時間寶貴。

②用爸媽反對提分手

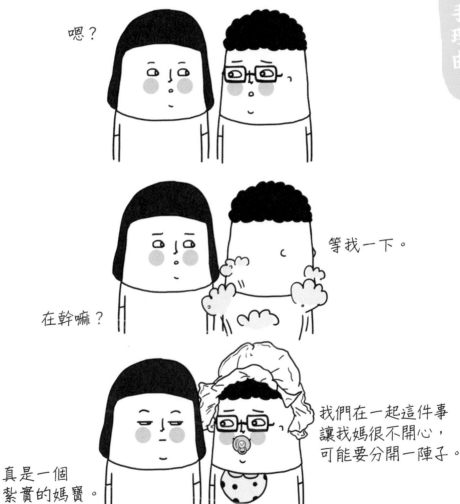

131

③因為要出國所以只好分開

找下個月
就要出國遊學了。

你會回來嗎？

我也很捨不得，
為了妳好
還是先分開吧！

過了一個月後……
滑社群時
看到朋友標籤前男友

他怎麼還沒出國？

④總是拿壓力大當藉口

她是誰啊～

我只是問問……
你也太莫名其妙
突然大發脾氣。

妳知道妳
給我的壓力
很大嗎？

一點都不自由
我要跟妳分手！

這種爛理由虧他講得出口！

發現男友劈腿

他竟然背著我做這種事情！

她是誰！
為什麼叫你老公？

這種男人這時也只會說一堆屁話

是她喜歡我
自己亂叫的！

寶貝要相信找！

寧願忍痛分開
也不要再讓自己不幸福

分手吧！

先提出交往的

那妳就是
我女朋友囉！

嗯～

沒多久又提分手的爛咖

 你最近為何怪怪的？

 沒啊！

感覺你不愛了。

我覺得我們先
給彼此一些空間。

 你想分手？

 先分開一陣子吧

總有一些爛咖先提出分手後
過了一陣子又傳訊息騷擾

對付這種人的方法

①一直向妳伸手借錢

寶貝～
可以先跟妳
借一點錢嗎？

可以是可以，
但你上次才借
不是嗎？
你要省一點啦！

好
　好
好

寶貝～
想再跟妳
借一點錢。

你上次才借
怎麼這次又沒錢，
你都花去哪了？

算了算了，
不想借就直說！

②不高興的時候就動手

你打我！

妳這種女人就是欠打！

老娘沒發威
把我當病貓！

③把妳當備胎

你愛我嗎？

愛啊？

把我當替補？

跟她分手後，
我才發現
我愛的是妳。

你的試用期到了。

You out！

④隱瞞妳他的行蹤

你要出去喔？

對啊臨時
要去公司一下。

老公要回來了嗎？

還要一陣子，
妳先趕快睡。

噓～

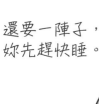

141

有時候自己愛得盲目
身旁朋友不管怎麼說都沒用

他真的不好啦！

他沒不好啦！

對啊！

只有自己想通才能醒悟

當初找一定是
鬼遮眼才愛上他！

我們無法決定什麼時候可以遇到幸福，
但幸福卻總是趁妳不注意時溜進妳的人生

Fun系列026

Lu's Loving time ♥ 戀愛生活

作　　　者－Lu's
主　　　編－陳信宏
責任編輯－王瓊苹
責任企畫－曾睦涵
視覺設計－我我設計工作室 wowo.design@gmail.com
董 事 長
　　　　　－趙政岷
總 經 理
總 編 輯－李采洪
出 版 者－時報文化出版企業股份有限公司
　　　　　10803　臺北市和平西路 3 段 240 號 3 樓
　　　　　發 行 專 線－（02）2306-6842
　　　　　讀者服務專線－（0800）231-705 ・（02）2304-7103
　　　　　讀者服務傳真－（02）2304-6858
　　　　　郵　　撥－19344724　時報文化出版公司
　　　　　信　　箱－臺北郵政79-99 信箱
時 報 悅 讀 網－http://www.readingtimes.com.tw
電子郵件信箱－newlife@readingtimes.com.tw
第二編輯部臉書－http://www.facebook.com/readingtimes.2
法律顧問－理律法律事務所　陳長文律師、李念祖律師
印　　　刷－華展彩色印刷股份有限公司
初版一刷－2016年05月13日
定　　　價－新臺幣 260 元

ISBN 978-957-13-6618-0
Printed in Taiwan
國家圖書館出版品預行編目資料

國家圖書館出版品預行編目(CIP)資料

Lu's戀愛生活 / Lu's作. -- 初版. --
臺北市：時報文化, 2016.05
　面；　公分. -- (Fun系列；26)
ISBN 978-957-13-6618-0(平裝)

855　　　　　105006151